목련꽃 편지

목련꽃 편지

한희정 시집

한그루

또 한 권의 시집에다 길을 묻습니다
지나온 행간마다 근심만 쌓입니다
얼마나 닦고 닦아야
흐르는 물이 될까요

내 앞에 오는 모든 것, 작은 인연 아니지요
그 안에 살아야 하는 건 운명이라 하겠지요
시인이 뭐냐 물으면
도로 입을 닫습니다

부고도 없이 죽어간 어휘들을 찾습니다
욕심을 내려놓아 아픈 곳을 꿰맵니다
드러내
채찍을 맞더라도
기쁘게 내밉니다

2022년 오월에 한희정

목차

2부   외로움이 깊을수록 꽃은 더욱 환했네

1부

중심이 아니어도
힘이 되는 길은 있어

추사의 진눈깨비

고단한 섬살이도
저를 닮은 꽃이 있어,

섬을 돌던 향기들이
돌담 아래 모여들면

먼저 와
먹물을 푼다
진
　눈
깨
　비
내리는 밤

산지등대

절망의 끝에는
반전이란 희망 있지

바다 너머 저 바다까지
형체조차 흐려도

어둠의
중력을 가르며
눈빛 깜박거렸지

애증의 한 세기가
뱃길 따라 사라져도

눈빛엔 새겨 있어
가슴엔 살아 있어

늘 거기,
붙박이별 하나
어둠 밝혀 서 있다

낮달맞이꽃

어쩌다가 백주대낮에 달맞이꽃 폈는가

적시를 못 찾아서 쪼그려 앉았는가

겸연쩍,
눈웃음치는 게
별 의미 없다는 듯

중심이 아니어도 힘이 되는 길은 있어

진심이면 통한다는 저 분홍 아웃사이더

늘 긍정,
스크럼 짜나 봐
한마디씩 신났어

와인글라스

혼수로 끼워 놓은
와인 잔 한 세트

필수였나 덤이었나
표정 없이 따라 와

이유도 추궁도 없이
그냥 거기 있었어

약속을 망각한 죄
손끝에 입술 끝에

긴긴 날을 고백했네
마음 더럭 흔들리네

못 본 척 붉어진 얼굴
더는 묻지 않았어

소맥시대

빌딩 숲 샛길로 바람맞은 반달이 간다
깐깐한 척하다가도 때론 무던하게
색다른 뒤엉킴으로 하나 되는 길을 찾네

이분법, 사이사이 거스르고 휩쓸리며
취기 오른 조명 아래 눈꼬리가 풀린다
별들도 은하수 건너 서로 눈을 맞추는

공존은 너와 나 다름을 인정하는 것
더하고 빼는 계산 없어도 절로 둥글어지는
또 한잔, 도시의 달은 경계를 풀고 있다

횡단보도 앞에서

저 얼룩말 등을 타고
한 문장 얻을까나

밑줄 쫙, 시어 한 줄
방점 하나 찍을까나

도시의 카라반 행렬에
새로운 길 찾을까나

풀의 선택

밟혀도 다시 일어나
고개 들 줄 아는 것

바람이 와 흔들면
꽃필 줄도 아는 것

저것 봐!
운명이라는 건
자발적 선택이라는 것

까치밥

전생에 혼기 꽉 찬
티벳의 여자였나요

내줄 것 다 내주고도
행(行)함이
무엇인가요

저 홀로 가는 먼 길에
사랑은 두고 가나요

개망초 부처님

절 마당 안에서는 풀꽃조차 부처인걸

요사채 개망초가 방석 셋을 깔고 앉아

지그시 보랏빛 미소로 나를 불러 앉힌다

신도시의 밤

1

하천변 둔덕에 산수유꽃 지는 밤
치솟은 고층 아파트 빛투빛투 무성한데
형광색 가로등 아래 오고 가는 페르소나

2

고향집 삼나무보다 더 높아서 몇 층일까
세고 또 세어 봐도 자꾸만 놓치고 마는
밤새워 밑줄 그으면 저 꼭대기 가 닿을까

3

한번쯤 당당하게 별 볼일은 있어야지
그림자만 밟고 가다 고개 든 어느 가장
희부연 열아흐레 달이 지친 얼굴 비추네

줌 인

이유 없이 불려와 꾸중 듣는 아이처럼
카페 한구석에 어쩔 줄 몰라 앉았어요
비대면, 얼굴 안 본단 말
장벽보다 높아요

입실자격은 비번입력
실시간 진입 성공했어요
맨 앞자리 겁이 나요
등잔 밑은 어둡겠죠?
더 바짝 당겨 앉을까요?
비상구는 어딘가요?

꼬리 잘린 영장류가
얌전하게 집중해요
백악기, 빙하기 지나
오감 육감으로 살아나온,
육십 줄 노마드족이 절묘하게 진화해요

재활용을 꿈꾸다

한껏 꿈이라고
투정 부렸던 객기들이

아뿔싸! 끈이 풀렸네
분리수거 운명 앞에

화들짝,
민낯 들킨 듯
목련 꽃잎 떨구고

구겨진 파지(破紙) 펼치며
만개한 꿈을 꾸네

새 부리 닮은 몽우리도
때가 돼야 둥글다며

지나던 하현달 잠시,
달빛 환히 비추네

중년기 혼밥족

일과 마친 남편이 저녁 밥상 받아들고
영상통화 보냈네
겸상하듯 마주했네
맵싸한
김치찌개 달랑
젊은 날이 다가와

흔들릴 땐 차라리 쉬다 갈 줄도 알았지
몇 시간째 음악다방 성냥개비 탑을 쌓던,
무너진
바닥을 딛고
다시 쌓아 세웠지

아메리카노 한잔에다 빵 조각을 적신다
늘어난 뱃살만큼 더부룩이 걸린 저녁
때아닌 견우직녀의 혓바닥이 쓰디쓰다

아이야, 나무처럼

비탈 선 나무들은 제 스스로 중심 잡는대

휘면 휜 대로 낮으면 낮은 대로

돌 움켜 생사를 넘듯 뿌리를 내린단다

이따금 언쟁에도 함께 사는 법을 배워

재촉하지 않아도 스스로 피고 지는

때 되면 몸살을 앓던 산벚꽃도 환하다

아이야, 흔들릴수록 중심을 찾아가지

곶자왈 나무처럼 네가 선 그 자리에

꿈 찾는 이역만리가 발아래 버틴단 걸

서운암 꽃 도반

1
내 눈 속 까만 눈부처 세고 또 셉니다
다시 또 세다가 그 장독서 놓쳤어요
놓아라,
부질없다는 듯
능소화꽃 집니다

2
손가락 셈법으로 더하는 법만 배우다가
하나씩 아기범부채 빼는 법을 배우네요
비우면
통할까 몰라
들숨 먼저 마십니다

3

연못법당 초록방석 내려올 때 보입니다

가부좌 튼 어리연꽃 사미니 닮았네요

눈물 톡,

흩어진 구슬로

염주알을 뀁니다

2부

외로움이 깊을수록
꽃은 더욱 환했네

목련꽃 편지

인편도 우편도 아닌, 홀연히 온 봄소식
늦잠결 초인종 소리, 눈 비비며 찾아온
앞마당
목련나무가
편지 한 장 들고서

바람결 사십 년 전 편지 한 통 따라 왔네
무심코 연 팔레트에 열두 색깔 꽃이 피듯
아버지
한 글자 한 글자
몽글몽글 꽃이었지

외로움이 깊을수록 꽃은 더욱 환했네
자취방 창호 문에 우련 비친 섬 하나
초승달
꽃 이파리에다
안부 묻던 그 봄밤

스마트폰 어머니

힘든 시집살이도 눈치코치로 넘겼다는
세상이 암만 변해도 살아갈 수 있다는
팔순의 무딘 손가락 신세계를 만난다

경로당 고스톱보다 배움에 더 목마르던,
진분홍 립스틱에 학사모 쓴 노인대학생
프로필 차렷 자세가 한 그루 나무이다

살아 갈 앞날들이 휴대폰 속 풍경이면,
큰 공부 못했어도 삶은 늘 용수철 같아
스윽 슥, 엄지손가락 행복을 밀고 있다

좋아요 꾹!

휴대폰 속 당신과 나 거리를 재 봤어

프로필 당신 얼굴 가끔씩 쳐다봤어

좋아요, 머뭇거렸지 맨 처음 고백이라

소통 한번 없어도 진실한 눈빛 보았어

낯선 운명처럼 거부할 수 없었어

바람꽃 폈다 하길래 그냥 꾹 눌렀어

자목련 그 여자

몸매 꽉 조이는
밀착 원피스 입은,

또각또각 출근길에
솔기 터진 줄 모르고

어쩌나
실크 속치마
그 한쪽도 보이네

아름다운 역설

엄동을 지나고도
그 무슨 위법으로

당연히 결백하대도
속수무책 묻히던

겨울 무,
꽃대 올리는
안간힘을 보아라

줄

충전기 찾으려다
불쑥 나온 마른 탯줄

삼십여 년 서랍 안쪽
꽁꽁 숨겨 뒀었네

일 인치 끊어진 고무줄
당길 수 없어 아팠네

줄이란 줄 다 없애도
소통하는 무선시대

연줄 핏줄 끊어내도
다시 뻗는 넝쿨손처럼

원뿌리 소유권 찾아
교신 한번 해볼까

검버섯, 그 황당함에 대하여

내 몸에 씨로 쓸
균이 아직 남았나
기둥은커녕 받침돌 하나
괴어 본 적 없었는데
어쩐담!
흰 분칠해도
광대뼈가 승천하네

어머니, 또 어머니처럼 인생꽃이 필 땐가 봐
길 잃고 헤맬만한데 얼룩얼룩 슬몃 피어,
선블럭 마스크 팩도 거부하는 내력인걸

그래도 나를 믿고
살겠다고 꿈틀대니
여태껏 객식구 달고
살아본 적 없지만
어떻든
애써보련다
볼연지 찍어 바르듯

칸나의 근황

앞서지도 뒤서지도,
휘둘리진 더욱 않아

귀퉁이
'재개발 반대'
플래카드 아래서

오늘도
촛불시위다
앞치마를 두른 채

부들의 노래

한평생
젖은 발로
앞만 보고
살았네

대쪽 같은
성깔이라
남는 것도
없었네

한 등짐
시간의 더께,
나름 피운
꽃이라네

갯패랭이꽃

불턱에 잉걸불마냥
오늘따라 더 붉은,

순이어멍 칼질마다
꽃잎 꽃잎 펼치네

바위틈
오도록 오도록
해삼 파는 삼춘들

운주당 수선화

꽃이 피는 뜻은 꽃만이 알 일이다
달빛에 글을 읽던
수선*의 마음일까
정결한
꽃의 권리는
낮은 데로 향했다

소명인 듯 운명인 듯 얼지 않는 향기였다
첫,
그 이름만 한
걸음걸음 희망이길래
은반의
서릿발조차
가슴으로 품었다

* 제주선각자이며 애국지사인 우인 고수선을 말함.

눈꽃이 피었습니다

엄동의 날씨라야 봄이 성큼 온답니다

꽃 한번 피운 적 없는 한천에 푸르른 저

다복한 귤나무 잎에 축복들이 내립니다

케이크 앞에 두고 온 가족이 웃습니다

둘러친 돌담 위에 생크림 저 꽃 무더기

극세사 부드러움이 겨울 풀도 덮습니다

마음의 빗장을 열면 하늘도 빗장을 연답니다

형형색색 높낮이도 고루고루 나누시는

입춘 녘 경계를 풀며 눈꽃이 피었습니다

신들의 고향

왕이메 분화구에 일만 팔천 신이 산다
우수에 닦아 놓은 흰 고깔 쓰고 앉아
잡목 숲 장막 걷으며 봄을 깨우고 있더라

낮아서 더 환하고 작아서 더 빛나는,
살얼음빛 표정 앞에 차마 소리 못 내며
새벽녘 내린 잔별들 무릎 꿇고 앉았더라

일만 팔천 마음이면 하늘도 감복이라
솔바람 한 줄에다 꽃풀이 풀어 놓는,
고수레, 생감주 한잔에 바람꽃 또 피더라

이 땅에 쓰이는 서정시*

절판된 시집 한 권 온라인에서 겨우 샀다
누렇게 뜬 표지만큼 슬픈 지성에 흔들리며
조심히
펼쳐든 순간,
92년 서명 하나

청색잉크 글씨체로 '스물네 번째 생일에'
시(詩)를 닮고 싶다는 한 남자의 그 겨울이
언제쯤
폐기되었나
내 앞에 다시 불쑥 와

한때 어느 연인의 간절한 문장 앞에
순간 멈출 것 같던 심장소리 가눌 길 없네
진실로
그 이름 석 자
가슴속에 머무네

* 오규원 시집 《이 땅에 씌어지는 서정시》에서 차용함.

3부

숨 가쁘게 살았어도
내력은 푸르러라

사막이 되기까지

단 한 번 어긴 죄로
수천 년을 엎드려서

이브의 나신이
모래알이 되기까지…

사하라 성지순례에
발자국을
보탠다

손바닥 내미는 봄

섬에 사는 나무들이 연초록 살이 오른,

은갈치 꼬리 같은 산길을 따라가면

차창 앞 초록 가지들 아가미를 벌린다

술렁술렁 바람결에 젖비린내 풍기는 산

생선 뼈 발라먹던 아홉 살 밥상 위로

하얗게 산딸나무꽃 손바닥을 내민다

뒷모습

햇살 좋은 산책로에 지팡이 짚은 할머니

풀리는 태엽처럼 외길 하나 끌고서

백목련 목덜미 흘깃, 허리 한번 펴보네

자카드 꽃무늬 치마 걸음걸음 꽃이 피네

한 그루 나무로 살아 마지막 꽃 피우듯이

저 홀로 피안(彼岸)의 걸음, 은빛보살 부시다

낯선 얼굴 스치듯

책 속에 단풍잎 하나
유성처럼 떨어지네
낯선 얼굴 스치듯 바람 같은 약속이었나
책갈피,
눈물로 찍힌
붉은 마음 보았네

언제쯤
사랑이었나 먼 길 돌아 내 앞에 서서
갈피갈피 증거처럼 검측하게 핏줄이 서며
바스락
주름진 손이
가슴 한쪽 어루네

청도반시

혼자서 꽃을 피워도 사랑이라 그랬지

떫었던 마음이야 두고 보면 알겠지

청도 땅 그대로 붉어 바다 건너 왔구나

산복도로

배가 따뜻해야 마음이 넉넉하다지

누추한 햇볕조차 기를 펴는 수정동

비탈길 순환버스가 바다 함께 태우고

뱃심 좋아 칠십 년을
이고 지고 올랐다는

"뭐라카노 이 에미나이"
말도 반반 구순 할매*

저 길 끝,
고향 가는 길
반쯤만 갔다 돌아오네

* 부산 수정동에 사는 친구 모친으로 함경북도 청진이 고향임.

저기, 추자도

급물살 오롯이 견뎌 징검돌로 나 앉아
들어주던 사연만큼 이별도 많았더라
제주와 전라도 사이 사투리도 뒤섞여

갓 잡은 생선 뛰듯 짐작 없이 가슴은 뛰어
풍랑예보 오고서야 차라리 편해지는
애초에 고립쯤이야 순명으로 받들며

떠난 이와 언약 따윈 애초에 없었지만
눈 뜨면 아득한 거리, 또 그만큼 멀어지는
내 안에 머무는 너처럼 눈 감아야 보인다

개복숭아꽃 피다

진짜도 아닌 것이
구실도 못할 것이

시고모 탄식에도
눈칫밥 달게 먹던,

꽃분홍 양산을 쓰고
만삭처럼 걸었었지

'열 달, 딱 한 번만 배불러 봤으면 좋겠네'

헛말인 듯
참말인 듯
기도처럼 되뇌던,

그믐밤
몰래 나갔던
그녀가 돌아왔다

물 위의 아이들
- 톤레삽 호수*

신들도 이곳에선 어쩔 수 없나 보다
물빛조차 황톳빛,
부레옥잠 뜨듯이
말보다 먼저 배운 건
흔들림을 견디는 것

고무대야 배를 타고
"원 달라 원 달라"
애절한 그 눈빛은 끝 모를 물속 같아
삽시간 나도 흔들려
아무 말도 못했지

달라 대신 받아 쥔 색연필을 쳐들며
무지개를 그리듯 수면 위로 흩어지는,
석양에
화엄의 꽃이
물비늘에 부시다

* 캄보디아에 위치한 호수로 수상가옥이 많다.

기해독립선언

순둥이 큰딸아이 독립선언 외친다
32년 부모 치하를
'당당하게 벗고 싶다'
백 년 전 독립 만세가 저리 쟁쟁 컸겠지

깃발 닮은 종이 펼쳐 선언문 낭독한다
제주바다 넘는 이유 조목조목 밝히는,
그 앞에 할 말을 참는,
속마음 어찌 알까

저 파도 아무리 높아도 살아갈 기준이면,
걱정 반, 부러움 반
웃음으로 보냈네

횅한 방
만평 적막이
달빛보다 차갑다

서울 입성기

서울 땅이 어디랴 눈뜨고도 코 베일 것 같은,
역세권 숲세권 부동산 권세에 밀려
발품 판 원룸 하나가 딸아이 요람으로

말소리, 발소리도 적군의 염탐 같다며
이중 잠금 걸어 놓고 제 소리도 낮추는데
병자년 말발굽소리 같은 장대비가 퍼붓네

서울 병 몸살을 앓던 딸아이 첫 출근길
개롱역* 3번 출구에서 손 흔들고 돌아서는,
난감한 잿빛 하늘에 기도하듯 서 있다

* 서울 송파구 지하철 5호선 역 이름. 조선 인조 때 임경업 장군이
  궤짝을 주워 열어보니 갑옷과 투구가 나왔다 하여 유래됨.

겨울 테쉬폰

폐허의 흔적엔 바람만이 자유롭다
연민도 그리움도 파먹을 대로 파먹은
등 굽은 어깨뼈 위로 흰 눈발이 내린다

바람벽에 기대어 쓴 가을편지 행간에다
양치기 피리소리 꾹꾹 눌러 동봉했을,
어디쯤 가 닿았을까, 저 바다는 건넜을까

이국땅 이름 석 자 반쯤 남은 자존인 듯
평화로 경적소리 썰물처럼 멀어질 쯤
눈바람, 속을 훑는다 빈 가슴을 울린다

노래처럼 전설처럼

숨 가쁘게 살았어도 내력은 푸르러라
담담히 풀어내는, 가슴속 숨겼던 말
담쟁이 뒤틀린 마디에 푸른 혈관 보이네

몇 겹을 돌고 돌아 새 옷 한 벌 입으셨나
아쉬운 명주 한 필 구름으로 감아 놓고
오늘도 오백나한에 두 손 꼭꼭 모으며

제주 땅에 산다는 건 뿌리를 내리는 거
구멍 난 치마폭으로 섬에다 섬을 얹으며
긴 여정 설문대할망이 맨발로 와 계시다

4부

때론 무심하게
때론 엄숙하게

그 잠시

시작보다 간절하구나
이레 남은 백일기도

합장한 손 스르르
풍경소리 비몽사몽

그 잠시
혼신을 다해
경전 읽는 귀뚜리

내 이제 와 알겠네

산다는 건 토란잎에
이슬 같다는 울 엄니

팔 남매를 낳았고
증손자도 둘인데…

한순간
꿈같다는 걸,
내 이제 와 알겠네

어머니의 꽃브로치

비로드 저고리에 제짝이던 브로치가

삐걱이는 서랍 속에 초롱초롱 깨어서

접혔던 어머니 시간이 일렁이고 있네요

어쩌다 아버지와 동반 외출하는 날은

두어 발 뒤에 서서 만지고 또 매만지시던

상기된 얼굴빛만큼 가슴에도 피던 꽃

사십 년 세월에도 모정은 곱게 남아

해묵은 상속에도 기쁨이 넘친 오늘

대물림 꽃 브로치가 내 가슴에 웃네요

2월 이용대금 명세서

해빙기 가뭄 들듯
잔고조차 빈약한데

짧은 2월 꼬리 잇듯
내역서는 두 장이다

외상값
'결제하실 금액'
억눌린 탄성소리

삶은 늘 팍팍했지,
물 한 모금 갈망하듯

주머니 뒤적거려도 밑창 터진 허공이다

가슴엔
절사도 없는
꽃샘바람만 몰아쳐…

심리적 흡입기

면발처럼 늘어진 세밑 밤을 홀딱 새우고

폭설 쌓인 귤 밭 사이 더듬더듬 길을 내어도

도무지 터지지 않네 뱅뱅 도는 기억회로

무의식 어디쯤에 시(詩) 무더기는 없을까

밥알 같은 자판에다 한 알 한 알 되새김해도

어쩐담! 긴 손톱 닮은 귤껍질만 수북한걸

비상품 이름으로

거듭날 희망을 품고
또 한밤을 보내려나

한 콘테나 삼천육백 원
쉽지 않은 현실 앞에

비상품 낙인찍힌 채
별만 밤새 세었지

칼바람도 견뎠건만
이슬조차 아린 새벽

크고 작고 상처를 안고
서로 등을 기댄 채

먹어도 배부르지 않는,
헛풍년이 슬프다

손은 위대하다

못 갚은 이자 돈처럼 주렁주렁 달렸다
풍년 든 귤밭에서 또각또각 가위질
끝 모를
가격 폭락에
인부 한 명 못 빌리고

차라리 두 손으로 훑었으면 좋으련만
찔릴까 또 베일까 공손히 떠받들며
귤 한 개
톡 떨군 손에
파랑새가 앉는다

때론 무심하게 때론 엄숙하게
"땀시민 다 따주게" 소박한 진리 앞에
어느새
비워서 충만한
초록 경전 펼친다

쌀과 김치

올해도 고용 한파가 바닥을 친다는 뉴스
설마 내 아이가 신의 직장을 그만둘 줄

"엄마가 그랬잖아요,
쌀과 김치면 된다."고

엄포도 회유의 말도 안 통하는 아들 녀석
오장육부 뒤집혀도 겉으로 웃는 어미

가장이 족쇄라는 걸
내가 어찌 모를까

어느새 세상물정 아들에게 배우는 나이
쌀과 김치, 네 글자로 삶의 길을 여는 나이

엄동에 움을 키우는
나무처럼 서 있다

겨울 귤밭

해거리 흉작에도
귤 수확은 기뻤단다

기해년 황금돼지
아침 해를 맞고 온 거기

서귀포 우리 귤나무
새해 인사 건넨다

열매 다 거둔 뒤에
여담들은 풍성했지

비워야 차오른다는
아버지의 가르침처럼

다 비운 가지가지에
초록 말씀 풍성해

답신

속살 같은 산안개가

사과밭을 채운다는

택배 사과상자에서

내 동생이 웃는 아침

마주한 사과 한 알에

제천 소식

듣는다

퍼즐조각 맞추기

늙은 호박 진피층에
아직 남은 초록빛이,

깎이고 무너지며 걸어온 고해의 길에

반듯이
각을 세워도
뭉근해지는 그 시간

텃밭을 배회하다가,
호박덩이에 앉았다가

치매 말기 할머니가
불쑥 맞춘 기억조각

"식겟날 호박탕시 허라. 모랑허게 먹어보게."*

* "제삿날 호박나물 해라. 말캉하게 먹어보자."의 제주어.

불빛 한 점

밤 깊은 바다에선 기다림도 풍경이다

방파제 등대처럼 깜빡깜빡 늙은 아내

아득한 불빛 한 점에 눈이 멈춰 있겠지

눈뜬 이, 눈 감은 이 차등이 없는 바다

꿈결 같은 엔진소리 선물처럼 반가워

환하게 웃는 얼굴이 어둠 속에 보인다

종달리 수국

해안길 수국에선 짠 내가 가득하다
한바탕 몰려왔다가 소금기만 남겨 놓은,
장맛비 젖은 곱슬이 연륜만큼 처졌다

평생 찔린 현무암 위에 맨발로 나 앉아서
진저리 날 것 같은 바다 향해 웃는다
절망도 한 몸이 되어 삶의 무게 보태던…

열길 물속 저승길을 평생 오간 늙은 해녀
즐거움도 괴로움도 소홀한 적 한번 없듯
의연히 빗속에 앉아 보살의 미소 짓는다

궁금증

절정의 성찬 앞에
참새들이 후다닥

배는 불러 갔을까 입술만 적셔 갔을까

부리 톡,
노란 귤 하나
바람이 들고 있네

남기고 간 짙은 흔적
제 집 찾듯 다시 올까

먹다 남은 반쪽 귤을
매달린 채 두었네

저 깊은
나바론 요새
남겨 둔 고백같이

친정 놋촛대

할머니 손등 닮은 짚수세미 밀고 밀던,

대물린 시간들이 잿물 빛에 밝아오고

반투명 내민 마디가 저리 든든 서 있네

세상이 달라져도 '아들 손지 하나만'

촛농보다 더 뜨겁던 어머니 염원 너머로

담황빛 고밀도 삶이 처연하게 빛나네

5부

_____

진실로 기다림은
하루하루 살아내는 거

결에 관한 에피소드

"좀 쏜다 곰팡이 피곡, 하늬바람 불엄쩌"
울 엄니 걱정근심 잠결에도 움찔거려
결혼 날,
함께 따라온
혼수 속에 호상 옷

생각난다. 이쯤이면 필생의 소망이던,
시월 볕 바람결에 마불림하던 할머니
빨랫줄 명주 한 필이 물결마냥 고왔지

시대의 결을 따라 순응만큼 치열했던
삶의 결은 꽃길 아닌 옹이 깊은 나뭇결
마지막 떠나는 길은 따뜻한 숨결이었지

결이 곱다는 뜻을 내 이제는 알겠네
틈이 난 마음 당겨 햇살 몇 올 엮으니
마음결,
니르바나의
또 하루가 곱구나

꽃파도

청상의 옥양목 치마
넌출넌출 흔들리네

이어도 이어도 사나
그 세월도 따라 왔네

밀물 든
작은 가슴팍
찔레꽃 가득 피네

꽃의 임종

꽃이
지고 있다
백치처럼 순한 얼굴

향기야 있건 말건
시름에 피었다 지는

할머니 가는 길목에
따라 지는
목
백
일
홍

4월의 발소리

고사리 어린 형제들
증언처럼 솟습니다

무자년 멀고 먼 길 삼보일배 엎드려서

늦추위
감아버린 눈빛들
분연히 깨웁니다

산안개 깊숙이 나를 불러 앉힙니다

그 사월,
일흔 번을
단말마로 외치던

아직도 더 가야 하나요?
안개 너머 백비로

백서향

1
네 향기에 취했는지 바람조차 헤매더라
멀리서도 알아채던 어린 날이 코끝에 와
눈 감고
가슴 헤집던,
엄마 냄새 가득했어

2
중산간이 척박해도 도란도란 정 붙이던,
영문도 모른 채 하산하란 그 말에
맨발로
머뭇거리던
엄마 눈빛 저러했지

3
어정쩡 봄소식이 3분 능선까지 왔대
어쩌나 이 사태를, 소문은 흉흉한데
깊숙이
서둘러 가네
그 향기는 못 가두고

밤 자구리

수평선 달 떠오르듯 불쑥 왔으면 좋겠네
숭숭한 가슴팍에 한 바가지 물 끼얹고
은사시
이불 귀퉁이
말았다가 풀었다가

밑창 터진 물속에다 평생을 허둥대며
무어라 하지 않아도 스스로 가둬 놓고
멍하니
섬바라기 된
당고모님 넋두리처럼

진실로 기다림은 하루하루 살아내는 거
바뀌는 계절에도 바다는 변하지 않아
자구리*
밀물을 당겨
토막잠을 청하네

* 서귀포시 송산동 해안 이름.

우묵개 동산

        - 4·3

여기,
종착지
이유 없는 生의 끝점

더 이상 갈 수 없어
돌아선 뒷덜미에

서늘히
남은 눈빛들

쑥부쟁이 또 핀다

쑥 인절미

냉동실 한 귀퉁이
향기조차 얼어붙은,

할머니 헛웃음 같은
햇살 몇 올 감기면

그 봄날
씁쓸한 이야기
말랑말랑 풀려요

때죽나무가 전하는 말

큰 넓궤, 그 속을 가늠할 수 없었네

까닭 없이 죄도 없이 보공이불 펼치던 곳

이제 와 안내판 하나 면죄부인 양 세웠네

이끼 낀 젖은 돌처럼 끊길 듯 이어지는

칠십 년 까마득 저편 진실을 증명하듯

어젯밤 내린 잔별들 봇물처럼 터지고

아픔도 슬픔도 먼 설국 눈밭을 지나

양푼도 수저도 없는 멧밥 한상 받아 앉은

이 봄날 동광리 사람들 한자리에 모였네

종달리

열에 아홉은 하늘만 보이더라
그 닮은 바다 한쪽 나직이 엎드려서
지미봉 산자락에 둔 유월 이야기 듣는다

우우우,
바람이 울면 어린 과부 글썽였다지
한날한시에 피었다 진 이름들이 아파서
더 이상 넘지를 못해 구름도 머물더라

종달리 밟고서야 바다에 이르렀다
보내고 싶지 않아, 떠나고 싶지 않아
아직도 그 이름 부르는 팽나무 늙고 있다

마늘밭 뻐꾹 소리

해풍에 젖고 마르는
알뜨르 마늘밭에

싹둑 잘린 마늘 대궁
햇볕 아래 누워 있네

줄줄이 사월의 현장,
뻐꾸기 울음 우네

견실했던 생애만큼 말수 없던 할머니,
뒷마당 조부님 묘 이장하던 그날처럼
목이 쉰 호곡소리가 환청인 듯 다가와

꽁꽁 언 땅속에도
숨소리는 뜨거웠네

스스로 다지고 다져
단단해진 은합 위로

뻐꾸기 다시 또 운다
봉인해제 그날 위해

모슬봉 엉겅퀴

- 이재수

툭, 떨구지 못해 한 올 한 올 찢었구나
눈물은 가시 되어 백 년을 버텼구나
먼 후일
예감을 한 듯
어미의 힘은 강하구나

아픔도 억울함도 반상(班常)이 다를까만
장두의 모친 가슴에 멍울 닮은 봉분 하나
정축생
반골의 증거
놓지 못한 불씨였구나

계절이 가고 오듯 넋은 살아 오고 가네
대접조차 받은 적 없어 한뎃잠이 더 편한
모슬봉
맨발로 오르는
성녀 한 분 계시다

가시리* 삘기꽃

한 식솔 귀양길에 곡진히 길 밝혔을,
비수처럼 품었던 망국의 한 내려놓고
죽어도 그 자리에 피어 한 마을을 지키네

시간은 흘러흘러 속수무책 무자년에
고야, 동산 봄 언덕에 별안간 피었다가
그 사월 잿더미 속에 핏빛 사연 묻으며

하늘 가까이 모여 산 게 죄라면 죄일 터
배곯던 오백 자식 집 지킨 게 죄일 터
설 오름 그 너머 갑선악, 오름 품에 안겨서

남은 자의 증언인가 설촌 이래 가시리
누대의 말씀처럼, 염원의 촛불처럼
오늘도 순례길 따라 삘기꽃이 피었네

* 고려 말 공양왕 때 대제학을 지낸 청주한씨 서재(恕齋)
  공한천(韓蔵)이 충절을 지켜 귀양 와서 설촌하였다 함.
  4·3 때 마을주민 500여 명이 희생됨.

슬픈 해후

할머니 가슴팍에 동백꽃이 뭉개졌다
무자년 소개령에 신들도 침묵한 밤
그 이후 울지도 못한 동박새가 되었다

쿵쿵 군홧발보다 더 커진 심장소리
툭하면 가슴 쓸며 선잠 자던 할머니는
새벽녘 연초를 말며 향불인 듯 촛불인 듯

한평생 혼술혼밥 그 누구보다 결연했던,
질기디질긴 여정에도 끼니 한번 거른 적 없이
두어 개 남은 어금니로 생을 달게 씹었다

천수를 누리고서야 다시 찾은 원앙금침
버선발로 지르밟은 시월의 노을 아래
멈췄던 시간을 이은 주렴발을 내린다

제주의 슬픔을 공유하는 방식

– 한희정,『목련꽃 편지』

이송희(시인, 문학박사)

1. 슬픔을 호명하다

제주는 우리 민족의 역사적 비극을 오롯이 품고 있는 지역이다. 고려시대 삼별초가 몽골군에 맞서, 끝까지 항거하며 싸웠던 곳이 제주다. 고려의 고종이 몽골과 강화를 맺고, 몽골 편을 들면서 몽골에 끝까지 저항하는 삼별초를 지켜주지 못했던 안타까운 기억이 남아 있는 장소이기도 하다. 제주는 광주(光州)만큼이나 민중항쟁이 활발하게 이루어졌던 민주화의 성지다. 역사학자 박은식은 『한국통사』에서 "나라는 멸할 수 있으나, 역사는 멸할 수 없다고 했다. 대개 나라는 형체와 같고, 역사는 정신과 같은 것이기 때문이다."라고 언급했다. 이는 역사를 온전하게 인식하고 기억하지 않으면, 치부든 영광이든 우리는 또 고통스럽고 부끄러운 역사적 과오를 반복해서 겪을 수 있다는 의미다. 광주와 제주는 민주화를 실현하기 위해 불의와 독재에 맞섰던 역사적인 고장이라는 공통점이 있다. 아무리 오랜 시간이 지나더라도, 역사의 흔적은 그 장소에 남기 때문이다. 모든 유적, 유물, 기록물 등이 역사의 현장을 증언한다. 사회적이든 개인적이든 장소에는 과거의 숨결과 고통의 흔적이 고스란히 남아 있다. 땅은 모든 것을 담아낸다는 점에서 마치 그릇과 같다. 물건에도 그 물건의 역사를 추리해 볼 수 있는 자국이 있는 것처럼 땅도 그곳의 삶의 흔적을 모두 담아낸다. 땅과 관련하여 우리는 역사를 이야기하고 이해한다. 땅에 새겨진 지난날의 상흔과 기록을 살피지 않고, 역사를 언급하기는 어렵다.

한희정 시인은 시집 『목련꽃 편지』를 통해 '제주'라는 장소가 품고 있는 슬픔과 트라우마를 해후하고 공유한다. 그것은 제주4·3이라는 민족적 트라우마에서 비롯되어, 지극히 개인적인 그리움과 사랑이 담긴 정서 표현의 방식으로도 드러난다. 한 시인에게 제주는 오랫동안 거주하며 친밀한 관계 속에서 단단해진 모태의 성격을 지닌다. 자신에게 친밀한 장소를 갖는 것은 인간다운 삶의 필수조건으로써 인간 존재의 중요한 실존 양식이 되기도 한다. 한 시인이 호명하는 제주의 여러 장소는 기억이나 회상이라는 장치를 통해 구체화된 공간으로서 의미를 얻는다. 기억이나 회상은 그 시간을 보존하는 것에 머물지 않고 이 순간을 풍요롭고 행복하게 만들기 위해 가져오는 것이다. 또한 사랑을 통한 치유와 회복의 행위이기도 하다. 마치 부모님의 사랑을 통해 나도 누군가를 사랑해야 살 수 있다는 것을 깨닫는 것처럼 기억과 회상은 현재의 '나'를 움직이게 하는 동력 혹은 장치가 되기도 한다. 한 시인은 이러한 기억과 회상을 통해 현재와 소통하고자 한다. 허준은 『동의보감』에서 "통하면 아프지 않고, 통하지 않으면 아프다.(通卽不痛, 不通卽痛)"라고 언급했다. 우리가 소통하고 교류하며 공감하지 않으면 꽉 막히고 고립되어 결국 죽음에 이르게 될 수 있음을 의미한다. 그런 까닭으로 한희정 시인은 지속적으로 과거를 돌이켜 현재와 소통하고자 한다. 소통의 지점에 우리의 역사가 바르게 서고, 존재하는 것들의 정체성은 온전해지고, 깨달음을 얻는 성찰의 시간을 만날 수 있는 것이다.

한희정 시인은 아버지와 어머니가 다녀간 서정적 공간으로서 제주, 가족공동체의 공간으로서 제주, 생의 터전으로서의 제주, 역사적 트라우마로 신음하고 있는 제주 등 다양한 제주의 공간을 형상화한다. 그것은 자연사물의 단순 묘사에 머물지 않고 절제된 이미지와 상상력으로 주제를 압도해가는 전략과 비유에서 비롯된다. 한사코 제주를 떠나려고 독립선언을 한 딸의 이야기를 담은 「기해독립선언」과 쌀과 김치만 있으면 산다고 했던 엄마의 말을 믿고 신의 직장을 그만둔 아들의 이야기를 해학적으로 그려낸 「쌀과 김치」, 눈 뜨고도 코 베간다는 딸의 서울 생활을 그린 「서울 입성기」에서도 흥미로운 서사적 장치에 현대인의 복잡다단한 고민들을 알레고리화한다. 「손은 위대하다」와 「겨울 귤밭」, 「궁금증」 등을 통해 귤밭에서의 고된 노동과 환희, 해녀의 삶을 묘사한 「종달리 수국」도 한희정 시인만의 제주 감성으로 탄탄하게 구사되어 있다.

그러나 무엇보다도 한희정 시인이 공유하고자 했던 시간은 "고사리 어린 형제들/ 증언처럼 솟"으며 들려오는 4월의 발자국 소리가 아니었을까? 그녀는 "진실로 기다림은 하루하루 살아내는 거"라는 부제 아래 치유될 수 없는 슬픈 제주의 4월을 끌어안는다. 누군가는 아직도 4월에 머물러 있냐고 되물을 수 있을 것이지만 우리가 기억하고 표현하지 않는다면 그것은 영원히 박제되어 아무도 꺼내지도 못하게 될 것이다. 한희정 시인은 "무의식 어디쯤에 시(詩) 무더기"(「심리적 흡입기」)를 뒤적이며 우리가 기억해야 할 진실을 계속 호명한다.

2. 나무와 풀처럼 사는 법

비탈 선 나무들은 제 스스로 중심 잡는대
휘면 휜 대로 낮으면 낮은 대로
돌 움켜 생사를 넘듯 뿌리를 내린단다

이따금 언쟁에도 함께 사는 법을 배워
재촉하지 않아도 스스로 피고 지는
때 되면 몸살을 앓던 산벚꽃도 환하다

아이야, 흔들릴수록 중심을 찾아가지
곶자왈 나무처럼 네가 선 그 자리에
꿈 찾는 이역만리가 발아래 버틴단 걸

– 「아이야, 나무처럼」 전문

곶자왈은 제주도의 동부와 서부, 북부를 중심으로 해
발 300~400미터에 넓게 분포하는 곳으로, 북쪽과 남쪽
의 식물이 공존하여 숲을 이루고 있는 형태를 취하고 있
다. 비탈지거나 휜 곳도 있고, 돌 위에서 자라는 나무도

있다. 시적 주체는 비탈 선 나무들이 스스로 중심 잡듯 열악하고 굴곡진 환경에서도 강한 생명력으로 살아남아야 한다는 것을 아이에게 이야기하는 듯하다. 나무는 강한 적응력과 생명력을 가지고 있다. 물이나 햇볕이 없으면 없는 대로 어떻게든 적응해서 꼿꼿하고 단단하게 살아간다. 그곳이 돌 위일지라도 뿌리를 내려서 균형을 잃지 않고 자라는 강인한 생명력이 있다. 비탈진 곳은 기울어진 운동장처럼 공정(평)하지 않고 치우쳐져 있는 곳을 표상한다. 차별이 있는 세상에서는 스스로 중심을 잡지 않으면 휩쓸리고 무너질 수 있다. 어디서나 사람들과 부대끼다 보면 언쟁이 생길 수밖에 없다. 우리는 많은 갈등 속에서 성장한다. "흔들리지 않고 피는 꽃이 어디 있으랴"라고 했던 시인 도종환의 말은 우리가 시련과 역경 속에서 성장하고 발전하는 존재임을 보여준다. 생존을 위해서는 밥그릇 싸움을 해야 한다. 내가 살려면 당신이 죽어야 한다는 독점 자본주의의 약육강식, 승자독식 체제에서는 끊임없이 싸우면서 성장해 갈 수밖에 없다. 중심을 꽉 잡고 있으면 언젠가 빛이 나고 꽃이 필 것이니, 조급해하지 말고 재촉하지도 말고 중심만 잃지 말라는 것일까? 중심을 잡는다는 것은 자기 정체성을 잃지 않는다는 것이다. 주체는 첫 수에서 나무가 열악한 환경에서도 중심을 잡는다는 것을 알려주고, 두 번째 수에서는 갈등을 견뎌내는 법을, 마지막 수에서는 흔들릴수록 중심을 잡아야 한다는 것을 알려준다. 아이는 아직 완성되지 않았지만, 한참 성장하는 대상이다. 어렵고 힘든 시간을 지내면서 자기 자신을 잃지 않고 꿋꿋하게 나아가다 보면 "꿈 찾는 이역만리가 발아래 버틴다는" 삶의 지혜를 알려주는 시적 주체의 간절함은 스스로를 향한 성찰이기도 하다.

밟혀도 다시 일어나
고개 들 줄 아는 것

바람이 와 흔들면
꽃필 줄도 아는 것

저것 봐!
운명이라는 건
자발적 선택이라는 것

　　　　　　　　　　　　　　　－「풀의 선택」 전문

한희정 시인은 자연물을 대상으로 인간 존재의 근원을 탐색하는 사유를 펼치는 것에 익숙하다. 대상의 속성에 대한 이해에서 비롯되는 그녀의 사유는 생(生)하고 멸(滅)하는 자연의 순환성이 인간의 삶과 닮아있다는 것으로 이어진다. 무리하게 늘어만 가는 인간의 탐욕으로 인해 우리는 자연스러운 것들을 많이 놓치고 파괴하며 살아간다. 그럼에도 반성은커녕 자연의 질서를 더 허물어뜨림으로써 아름다운 생을 설계할 수 있다고 믿는다. 「아이야, 나무처럼」이 나무의 꿋꿋한 생존법을 아이에게 알려주면서 건강하게 살아가는 지혜를 던져 주는 듯하지만 실상 그 이면에는 분주하게 살아 온 우리 자신에게 그동안의 삶을 반성하라는 메시지가 담겨 있다. 방식은 다르지만 시인은 「풀의 선택」에서도 자연스럽게 살아내는 법을 전해주는 듯하다. 단수로 이루어진 이 시에서 시적 주체는 건강한 삶에 대한 하나의 명제를 이끌어낸다. "밟혀도 다시 일어나/ 고개 들 줄 아는" 자세가 필요하며, "바람이 와 흔들면/ 꽃필 줄도 아는" 자세가 필요함을 가르쳐 준다. 주체는 "운명이라는 건/ 자발적 선택이라는 것"이라며 자신의 의지에 따라 어떤 역경도 이겨낼 수 있음을 역설한다. 그러나 인간의 의지 또한 운명이기에 우리의 선택조차도 운명일 수밖에 없다. 자발적으로 생각하고 말하며 행동했다고 하는 것 또한 생멸의 법칙을 좇는 운명의 굴레 안에 있다. 그런 점에서 「풀의 선택」은 무언가에 밟혀도, 바람이 흔들어도 의지를 잃지 않고 중심을 잡는다면 살아낼 수 있다는 역설적 의미를 보여준다.

　　　　해안길 수국에선 짠 내가 가득하다
　　　　한바탕 몰려왔다가 소금기만 남겨 놓은,
　　　　장맛비 젖은 곱슬이 연륜만큼 처졌다

　　　　평생 찔린 현무암 위에 맨발로 나 앉아서
　　　　진저리 날 것 같은 바다 향해 웃는다
　　　　절망도 한 몸이 되어 삶의 무게 보태던…

　　　　열길 물속 저승길을 평생 오간 늙은 해녀
　　　　즐거움도 괴로움도 소홀한 적 한번 없듯
　　　　의연히 빗속에 앉아 보살의 미소 짓는다

　　　　　　　　　　　　　　　 - 「종달리 수국」 전문

초연한 해녀의 삶을 묘사한 작품이다. "해안길 수국에 선 짠 내가 가득하다"는 도입은 "한바탕 몰려왔다가 소 금기만 남겨 놓은" 제주의 바닷물을 고스란히 데려온다. 시적 주체는 "장맛비 젖은 곱슬"도 연륜만큼 처지고 "진 저리 날 것 같은 바다 향해" 웃어본다. 잠수하여 해산물 을 채취하는 해녀는 제주도와 남해, 일본 등에 주로 분 포되어 있다. 해녀는 직업 특성상 잠수하는 시간이 최 대 7시간으로 길다 보니 감압병, 이명, 저체온증 등의 위 험한 극한직업에 해당한다고 한다. 물질을 할 때 바다에 서 수면으로 올라오면서 정신이 아득할 때가 종종 있는 데 그때 정신줄을 놓으면 죽을 수도 있다고 한다. 그래 서 욕심을 내려놓아야 하는데, 그들은 내쉬는 숨비소리 를 '생과 사의 경계'라고 표현하거나 '생애 최후의 날숨' 이라고 부른다고 한다. "절망도 한 몸이 되어 삶의 무게 보태던" 순간은 "저승길 왔다 갔다"는 민요를 떠올리게 한다. "열길 물속 저승길을 평생 오간 늙은 해녀"는 즐 거움과 괴로움이 공존했던 그 순간을 떠올리며 "의연히 빗속에 앉아 보살의 미소"를 짓는다. 그녀가 그럴 수 있 는 것은 그만큼 열심히 누군가의 행복을 위해 물질을 했 기 때문일 것이다. 지구 온난화로 인해 상어에게 공격받

아 목숨을 잃은 해녀도 있는 것으로 보아 목숨 거는 해
녀의 삶이 얼마나 위대하고 아름다운지를 알 수 있게 한
다. 기쁨과 슬픔이 공존하는 바다는 희기동소(喜忌同所)의
공간으로서 우리에게 극단적인 의미를 제공한다. '종달
리 수국'으로부터 해녀의 아슬하지만 가치 있는 삶을 길
어 올리는 이 작품에서 바다와 더불어 사는 위대한 사랑
의 힘을 읽을 수 있다. 한희정 시인은 자연에게 배우고
자연과 동화되면서 우리로 하여금 자연스럽게 사는 법
을 이야기하려는 것일까? 시인은 비탈진 곳에서도 꿋꿋
하게 살아가는 생명력, 그 어떤 외부의 압력에도 풀처럼
일어나는 삶의 의지, 생사가 공존하는 곳에서도 생계를
위해 위험을 감수하는 아름다운 생존법을 알려준다. 그
것은 누군가 힘겹게 견뎌온 시간이면서 누군가가 걸어
가야 할 길이기에 더욱더 절실한 생의 배움터가 된다.

3. 그리움이 자라는 방

충전기 찾으려다
불쑥 나온 마른 탯줄

삼십여 년 서랍 안쪽

꽁꽁 숨겨 뒀었네

일 인치 끊어진 고무줄

당길 수 없어 아팠네

줄이란 줄 다 없애도

소통하는 무선시대

연줄 핏줄 끊어내도

다시 뻗는 넝쿨손처럼

원뿌리 소유권 찾아

교신 한번 해볼까

－「줄」전문

　시적 주체는 충전기를 찾으려다 "삼십여 년 서랍 안
쪽/ 꽁꽁 숨겨"둔 마른 탯줄을 발견한다. 줄은 생명줄로
에너지를 주는 존재다. '탯줄과 충전기'의 줄은 양분과

힘을 전해주는 생명줄이라는 점에서 유사한 의미가 있다. 묶어주고 이어준다는 점에서 보면 실도 줄과 비슷한 속성을 가진다. 이제는 줄이 없어도 소통이 가능한 무선시대가 되었지만 "연줄 핏줄 끊어내도" 넝쿨손은 다시 뻗는다. 연줄은 자신과 연결된 모든 인연이며 핏줄은 혈육인데, 오늘날은 이러한 줄이 없어도 다 이어진다는 의미다. 줄이 가진 상징적 의미가 어떻게든 하나로 연결되어 있다는 뜻이기 때문이다. 유선의 줄이 없어도 우리는 둘이 아닌 하나라는 것을 강조하고자 한 것일까? 그러나 혈연, 지연, 학연 때문에 도움을 받기도 하고 폐단을 빚기도 하는 것을 우리는 종종 본다. 우리는 수많은 줄로 연결되어 있다. 그래서 각자에게 주어진 역할을 잘 해내야 함께 살 수 있다. 줄은 소통하고 맺어주는 존재이기에 줄을 잘못 잡으면 오히려 모든 관계가 얽히고설켜 숨통이 막히고 만다. 그러나 다른 면에서 보면 요즘은 더욱더 줄이 잘 연결되지 않기도 한다. 비대면의 시대 온라인으로 접속하면서 그만큼 관계성이 견고하지 않고 희미해지고 무너져 간다는 것도 그 원인일 수 있겠다. 그래서 주체는 "원뿌리 소유권 찾아" 아날로그 방식으로 "교신 한번 해볼까" 생각해 보는 것이다. 줄이 갖는 여러 상징성 중에서도 시적 주체는 소원해진 관계성과 소통의 사라짐에 집중함으로써 배려와 사랑의 정신이 사라진 자본주의 시대의 개인화를 알레고리화한 것으로 보인다. 비대면의 시대에 우리는 서로의 안부를 더 묻지 않고 혼밥과 혼술을 즐기는 중이다. 그러나 우리는 모든 관계성이 있기에 존재한다는 것을 기억해야 할 것이다.

일과 마친 남편이 저녁 밥상 받아들고
영상통화 보냈네
겸상하듯 마주했네
맵싸한
김치찌개 달랑
젊은 날이 다가와

흔들릴 땐 차라리 쉬다 갈 줄도 알았지
몇 시간째 음악다방 성냥개비 탑을 쌓던,
무너진
바닥을 딛고
다시 쌓아 세웠지
아메리카노 한잔에다 빵 조각을 적신다

늘어난 뱃살만큼 더부룩이 걸린 저녁
때아닌 견우직녀의 혓바닥이 쓰디쓰다

- 「중년기 혼밥족」 전문

　시간과 공간이 철저하게 구분되면서 '중년기 혼밥족'
의 쓸쓸한 저녁을 담아내고 있는 시다. 일과 마친 남편
과 영상통화로 마주한 저녁 식사를 그린 첫 수와 흔들릴
땐 잠시 쉬다 갈 줄도 알았던 젊은 날의 이미지를 꺼낸
둘째 수, 아메리카노 한잔에 빵 조각 적시고 있는 시적
주체의 저녁을 표현한 셋째 수의 마무리는 구체화된 상
황으로 외로운 혼밥족의 저녁 밥상을 구현하고 있다. 구
체적인 정보가 제공되어 있지는 않지만, 시적 주체는 남
편과 떨어져 지내는 듯하다. 짐작할 수 있는 것은 둘째
수의 "흔들릴 땐 차라리 쉬다 갈 줄도 알았"던 젊은 날
의 회상에 있다. "몇 시간째 음악다방 성냥개비 탑을 쌓"
다가 무너지면 "바닥을 딛고/ 다시 쌓아 세"우기도 했
던 여유는 사라지고 배우자와 서로 떨어져 지내면서까
지 분주하게 생활하며 각자의 저녁을 맞이해야 하는 중
년의 외로운 시간이 흐른다. 무너진 바닥을 딛고 다시

쌓아 세우던 젊은 날을 함께 견뎠기에 이 순간도 영상통화의 공유가 가능한 것인지도 모른다. 주체는 그 관계를 견우직녀로 묘사한다. "늘어난 뱃살만큼 더부룩이 걸린 저녁"을 배경으로 "때아닌 견우직녀의 혓바닥이 쓰디" 쓴 걸로 보아 혼자 먹는 밥이 즐겁지만은 않다는 걸 알 수 있다. 어떤 사연으로든 떨어져 지내는 부부의 삶을 '혼밥'과 '저녁'이라는 상징으로 담아내며 쓸쓸하고 외로운 중년의 분위기를 고조시킨다. 의도하지 않게 혼밥을 먹어야 하는 상황과 혼자만의 저녁을 맞아야 하는 상황은 어쩌면 우리가 선택한 현실인지도 모르겠다.

인편도 우편도 아닌, 홀연히 온 봄소식
늦잠결 초인종 소리, 눈 비비며 찾아온
앞마당
목련나무가
편지 한 장 들고서

바람결 사십 년 전 편지 한 통 따라 왔네
무심코 연 팔레트에 열두 색깔 꽃이 피듯
아버지

한 글자 한 글자
몽글몽글 꽃이었지

외로움이 깊을수록 꽃은 더욱 환했네
자취방 창호 문에 우련 비친 섬 하나
초승달
꽃 이파리에다
안부 묻던 그 봄밤

- 「목련꽃 편지」 전문

시집의 표제작인 이 시는 앞마당 환하게 핀 목련나무 꽃잎이 마치 아버지에게서 온 편지라고 생각하는 데서 출발한다. "사십 년 전 편지 한 통"은 홀연히 봄소식을 알리며 목련으로 피었다. 아버지의 "한 글자 한 글자"가 "몽글몽글 꽃이었"음을 회상하며 목련꽃을 바라보는 주체는 봄이 올 때마다 젊은 나이에 떠나보낸 아버지와 소통한다. 자취방에서 홀로 지내며 외로움은 더 깊어만 가고 그럴 때마다 꽃은 더욱 환했다는 주체에게 다 같이 모여 살던 가족의 품은 더 그립고 간절할 것이다. 요즘은 이메일이나 문자, 카톡 등으로 빠르게 안부를 전할 수 있지만 옛날에 편지는 얼마간의 시간이 지난 후에야 수취인에게 전달되었다. 편지에는 그리움, 안부, 걱정, 염려, 소식, 당부 같은 것들을 담았다. 편지를 보내거나 기다리면서 갖는 설렘과 기대가 컸던 시절, 편지는 하나의 '줄'이면서 소통의 수단이었다. 자취방 창호에 비친 섬 하나처럼 외롭게 "꽃 이파리에다/ 안부 묻던 그 봄밤"을 떠올리며 아버지에게 그리운 안부를 묻는 서정적인 이미지가 선하다. 한희정 시인의 시는 어떤 난해하거나 낯선 장치가 없어도 시·공간을 자연스럽게 변주하면서 대상을 은유하고 의미를 현재화하는 데 노련하다. 그것은 때로 시대의 감성과 현실을 이야기하거나 감정을 절제한 채 서정성을 구현하는 탁월한 감각으로 빛난다.

한 시인의 시의 두 번째 키워드는 '소통'으로 너와 나, 과거와 현재, 이곳과 저곳을 모두 아우른다는 점에서 자유롭다. 가령 「좋아요 꾹!」을 살펴보자. "휴대폰 속 당신과 나 거리를 재 봤어// 프로필 당신 얼굴 가끔씩 쳐다봤어// 좋아요, 머뭇거렸지 맨 처음 고백이라// 소통 한번 없어도 진실한 눈빛 보았어// 낯선 운명처럼 거부할 수 없었어// 바람꽃 폈다 하길래 그냥 꾹 눌렀어"에서처럼 얼굴 한번 본 적 없어도 '좋아요' 한번 꾸욱 눌러줌으로써 관심을 드러내는 시대를 표현하고 있는 것이다. 같은 시간과 공간에 있거나 얼굴을 봐야만 소통이 가능하다는 기존의 사고방식을 넘어서는 지점에 그녀가 말한 '소통'과 이를 통한 관계 형성이 가능하게 되는 것이다. 줌 수업(비대면 화상수업)을 하며 마치 "꼬리 잘린 영장류가" 되어 "육십 줄 노마드족이 절묘하게 진화"(「줌 인」)하는 중년 여인의 상황에 대한 풍자와 묘사도 다양한 소통의 방식을 재현하기 위한 것으로 보인다.

4. 다시, 무자년 4·3

고사리 어린 형제들
증언처럼 솟습니다

무자년 멀고 먼 길 삼보일배 엎드려서

늦추위
감아버린 눈빛들

분연히 깨웁니다

산안개 깊숙이 나를 불러 앉힙니다

그 사월,
일흔 번을
단말마로 외치던

아직도 더 가야 하나요?
안개 너머 백비로

-「4월의 발소리」 전문

다시 "무자년 멀고 먼 길 삼보일배 엎드려서// 늦추위/ 감아버린 눈빛들/ 분연히 깨"우며 4월의 발소리를 듣는다. 1948년 무자년 4·3항쟁을 소환하는 시적 주체는 "그 사월,/ 일흔 번을/ 단말마로 외치던" 순간을 현재화한다. 단말마는 숨이 끊어질 때의 모진 고통으로 임종을 달리 이르는 말 혹은 급소를 자른다는 뜻이기도 하다. 외세(外勢)가 관여하고 간섭해서 우리나라가 제대로

된 적이 있었던가? 일제 강점기 이후 소련과 미국이 개입하여 신탁통치를 하고 거기에 부화뇌동하는 친일, 친미, 친소파에 의해 나라가 분단되는 현실을 맞닥뜨리게 된 것이다. 우리 스스로의 힘으로 나라의 광복을 맞이하지 못한 염려스러움은 현실이 되었다. 자신과 이권이 맞는 사람들만 정치권에 앉혀 놓은 뒤 뒤에서 조정하던 때인데 그때 일어난 사건이 4·3항쟁이다. 당시 제주도는 흉년이 들었는데 미군정은 곡물을 내라고 재촉했고, 1946~1947년 3·1운동 행사 때에도 행사를 못하도록 친미파 관리들이 반대하다가 제주도민들의 항의가 이어지자 총칼로 시위를 진압하던 중 도민 6명이 죽기도 했다. 거기에 남한만의 단독선거를 반대하던 제주도민들의 항의가 잇따르자 미군정과 경찰들은 빨갱이가 폭동을 일으켜 미군정에 항거한다면서 도민들을 대상으로 끔찍한 살육을 저질렀다. 그 아픈 역사가 반복되고 있다. 제주의 시인 한희정은 제주의 역사적 사건을 기록하면서 그날의 소리들에 귀를 기울인다.

폭력의 주체들에게 제대로 사죄받지 못하기도 했지만, 사죄를 받았다고 한들 마음의 응어리가 사라지겠는가. 역사적 상흔은 영원히 지워지지 않는 것이다. 혹여

이 과거를 잊어버린다면 지난날의 과오가 반복될 수 있으므로 시인은 그것을 잊지 않기 위해 자꾸만 기억하고 표현하는 것이다. 제주4·3을 반성하지 않고 지나가니 4·19의거가 일어나고, 광주 5·18이 일어나고 1987년 6월 항쟁이 일어나는 것이다. 역사를 통해 교훈을 얻지 못해 자꾸만 악순환이 반복된다. 임진왜란을 겪은 후 유성용은 『징비록』을 쓰며, 다시는 이런 국가적인 수치가 생기지 않도록 우리는 철저하게 대비해야 한다고 언급했다. 오늘의 치욕을 처절하게 반성하고, 다시는 이런 수모를 겪지 않도록 대비하자고 썼는데, 300여 년이 지나 우리나라는 다시 일본에게 나라를 빼앗기는 국치(國恥)를 경험했다. 역사적 과오에 대한 반성이 부족하다는 이야기다. 문학을 하는 사람들은 역사의 치부를 솔직하게 드러내고 기억하며 상기시켜야 한다. 그러한 책무를 수행하는 길에 한희정 시인이 있다. "아직도 더 가야 하나요?/ 안개 너머 백비로". 그렇게 어쩔 수 없이 우리는 가야 한다.

여기,
종착지

이유 없는 生의 끝점

더 이상 갈 수 없어
돌아선 뒷덜미에

서늘히
남은 눈빛들

쑥부쟁이 또 핀다

- 「우묵개 동산」 전문

　종착지는 목표의 완성이기도 하지만 더 이상 도전할
것이 없어 희망이 없는 곳이기도 하다. 즉 목적의 완성
이기도 하지만 목적이 사라져 버린 곳이기도 하다. "여
기,/ 종착지/ 이유 없는 生의 끝점"은 4·3항쟁 당시 토
벌대들을 피해 달아나던 제주도민들이 도망간 막다른
곳으로, "더 이상 갈 수 없"던 삶의 종착지다. 우뭇(묵)
개 동산이라고 불리는 이곳은 성산일출봉 봉우리가 보
이는 넓은 들판인데, 4·3 당시 토벌대가 오조리 주민 20

여 명을 집단 학살한 장소로 알려져 있다. 해방 후 일본
군들이 버리고 간 다이너마이트는 주민들이 어로활동을
할 때 많이 사용했던 것이라고 한다. 4·3 당시에는 주민
들이 인민유격대의 공격에 대비하여 마을 경비용으로
초소마다 보관한 것이었다. 그런데 이곳에 주둔한 군인
들은 주민들이 다이너마이트로 자신들을 죽이려 했다며
누명을 씌워 마을 이장과 민보단장 등을 포함, 20여 명
을 총살했다고 한다. 이 사건은 제주에 새로 파견된 군
인들이 지역에 대한 이해가 부족한 것에서 발단이 된 것
이었다는 증언도 있지만 군인들 간의 실적 과시와 경쟁
의식으로 무차별적인 주민 학살을 자행한 것이라고 보
고 있다. "쑥부쟁이 또 피"는 계절은 오겠지만 끔찍한 학
살의 흔적이 여전히 남은 이곳은 해마다 아프고 고통스
럽다.

> 할머니 가슴팍에 동백꽃이 뭉개졌다
> 무자년 소개령에 신들도 침묵한 밤
> 그 이후 울지도 못한 동박새가 되었다
> 쿵쿵 군홧발보다 더 커진 심장소리
> 툭하면 가슴 쓸며 선잠 자던 할머니는

새벽녘 연초를 말며 향불인 듯 촛불인 듯

한평생 혼술혼밥 그 누구보다 결연했던,
질기디질긴 여정에도 끼니 한번 거른 적 없이
두어 개 남은 어금니로 생을 달게 씹었다

천수를 누리고서야 다시 찾은 원앙금침
버선발로 지르밟은 시월의 노을 아래
멈췄던 시간을 이은 주렴발을 내린다

- 「슬픈 해후」 전문

    4·3의 트라우마로 가득한 할머니의 슬픈 생이 현재화 되고 있다. "무자년 소개령에 신들도 침묵"하던 그날 이후로 "울지도 못한 동박새가" 되어 버린 할머니는 "쿵쿵 군홧발보다 더 커진 심장소리" 때문에 "툭하면 가슴 쓸며 선잠"을 자곤 했다. "질기디질긴 여정에도 끼니 한번 거른 적 없이" "두어 개 남은 어금니로 생을 달게 씹었"던 할머니가 천수를 누리고서야 남편 곁에 누워 눈을 감았다. 4·3 당시의 잔혹한 시간 속에 남편을 잃고 죽어

나가는 이웃들을 보면서 고통으로 살아온 삶의 흔적이 고스란히 담겨 있다. 폭력은 진실을 외면하고 거짓을 좇을 때 사용하는 악랄한 수단이다. 위력을 이용해서 사적인 이익과 욕망을 관철하고자 할 때 폭력을 쓴다. 진실이 아니라서 상대방을 설득할 수 없다는 것을 그들도 안다. 그래서 폭력은 더 큰 재앙을 야기하고 많은 이들에게 상처를 남길 수밖에 없다. 한민족끼리 폭력을 자행하는 것은 부끄러운 일이 아닐 수 없다. 미국과 소련이 자기 세력을 만들려고 광복을 맞이한 한반도를 분단시켜 버린 것이 아닌가. 강대국들의 이권 개입과 일제로부터 자주적인 독립을 이루지 못한 것이 그 이유가 될 수도 있지만, 그럼에도 국민들이 강한 주인의식과 민족애로 뭉칠 수 있었다면, 분단의 비극만은 막아내지 않았을까 생각해 본다. 그러니 당시의 국민들도 결국 어리석은 선택을 한 것이다.

남한만의 단독선거를 치르는 것에 저항하거나 부정하는 행위를 반민족적인 행동이라 여겨 민족 반역자 혹은 빨갱이로 치부하며 학살을 자행한 탓으로 무고한 희생자들을 낳았다. 살기 위해 산으로 도망가서 얼어 죽고, 배고파서 내려오면 다시 죽음의 공포에 휩싸이고,

항복을 해도 죽여버리는 만행을 어떻게 잊을 수가 있을까. 문학이 역사의 치부를 솔직하게 드러내고 상기시키고 기억해야 하는 이유는 지난날의 과오를 반복하지 않기 위해서다. 일본인들은 자기들이 동아시아를 식민지배하면서 동아시아를 근대 국가로 만들어주었다고 말한다. 반성이 없으면 자신들의 치부를 잊어버린다. 일제 강점기의 일본인들이 식민지 백성들에게 저지른 강제징용과 징병, 각종 자원 및 식량 수탈, 인권유린과 학살, 생체실험과 민족말살정책 등의 역사적인 만행을 후손들에게 제대로 가르치고 있지 않다. 또한 한반도 주요 산맥의 혈자리마다 쇠말뚝을 박아 한반도의 정기를 끊어놓으려는 만행에 대해서도 가르치지 않는다. 우리 민족(한민족)에 대한 열등감이 커서 한국문화가 자기 문화를 모방했다거나 한류(韓流)의 기원이 자신의 나라라고 우기는 몰염치한 행동도 역사를 제대로 배우지 않았기 때문에 나타나는 것이다. 그런 그들에게 나라의 미래는 없다. 과거 역사에 대한 인식이 제대로 세워져야 우리는 그 반성과 성찰 속에서 끔찍하고 잔혹한 과거를 반복하지 않기 때문이다.

한희정 시인이 담은 제주의 4·3은 나라의 문제이며

집단의 문제이며 개인의 문제로까지 이어지면서 고통을 온전히 품고 살 수밖에 없는 안타까움으로 독자와 소통하고자 한다. "해풍에 젖고 마르는/ 알뜨르 마늘밭"도 "줄줄이 사월의 현장"(「마늘밭 뻐꾹 소리」)이다. 남은 이들은 "뻐꾸기 다시 또" 우는 시간을 마주하며 이제 "봉인해제 그날 위해" 간절함을 키운다. "시간은 흘러흘러 속수무책 무자년"이 오고 "그 사월 잿더미 속에 핏빛 사연 묻으며"(「가시리 삘기꽃」) 봄꽃은 핀다. "진실로 기다림은 하루하루 살아내는"(「밤 자구리」) 것이어서 우리는 서로의 품속에서 견디는 것이다.

5. 반전이란 희망으로

단 한 번 어긴 죄로
수천 년을 엎드려서

이브의 나신이
모래알이 되기까지…

사하라 성지순례에

발자국을

보탠다

　　　　　　－「사막이 되기까지」 전문

　단 한 번 어긴 죄란 이브가 선악과를 따 먹은 것이고,
아담도 꼬여내 당신도 선악과를 먹어보라고 유혹하여
하느님의 말을 어긴 것을 표현한 듯하다. 인간이 신(神)
으로부터 독립하려면 신이 지키도록 명령한 금기(禁忌)를
모두 어길 수밖에 없다. 그렇지 않으면 절대 인간은 영
적으로 성장하지도 발전하지도 못한다. 신에게 끝까지
복종하는 삶을 살았다면 평화롭고 안정적이긴 하겠지
만 성장도 발전도 없었을 것이다. 고통이 있어야 성장하
고 발전할 수 있다. 이제 면죄를 받고 구원을 받기 위해
서 시적 주체도 사하라 성지순례에 합류하고자 한다. 세
상에 살아 있다는 것에 대한 참회와 속죄의 마음이 머물
러 있는 까닭이다. 우리는 서로를 위해 참고 인내하면서
반성과 성찰 속에서 스스로 구원받는 존재가 되어야 하
지 않을까. 한희정 시인은 스스로의 과오를 돌아보는 지

점에서 자신의 가야 할 길을 설계해야 함을 알려주는 듯하다.

"고단한 섬살이도/ 저를 닮은 꽃이 있어"(「추사의 진눈깨비」) 그 붉은 고통과 짜디짠 슬픔을 지나가는 것일까? "중심이 아니어도 힘이 되는 길은 있어// 진심이면 통한다는 저 분홍 아웃사이더// 늘 긍정,/ 스크럼 짜나 봐/ 한마디씩 신났어"(「낮달맞이꽃」)라고 노래하는 이 시에는 대상을 바라보는 한 시인의 낙관적인 시각이 담겨 있다. 긍정의 마음으로 오늘도 시를 쓰며 어느 곳에든 뿌리를 내릴 줄 아는 나무처럼 살다 보면 어느새 잎이 돋고 꽃이 필 것이라는 것을 그녀는 믿는다. "절망의 끝에는/ 반전이란 희망"(「산지등대」)이 있다는 신념으로 살아왔기에 한희정 시인의 문장은 제주 바다처럼 따뜻하고 슬프고 푸르른 것이다.

목련꽃 편지

2022년 5월 31일 초판 1쇄 발행

지은이   한희정
펴낸이   김영훈
편집   김지희
디자인   이승리, 나무늘보
펴낸곳   한그루
           제주특별자치도 제주시 복지로1길 21
           전화 064-723-7580   전송 064-753-7580
           전자우편 onetreebook@daum.net   누리방 onetreebook.com

ISBN 979-11-6867-029-7 (03810)

이 책은 제주특별자치도와 제주문화예술재단의 2022년도 제주문화예술지원사업
후원을 받아 발간되었습니다.

값 10,000원